창비
청소년
시 선
01

의자를
신고
달리는

강성은 김규중 나희덕 박일환 박준
복효근 손택수 오은 이응인 최은숙 지음

창비
교육

의자를 신고 달리는

강 성 은

소풍

●

아이들은 보물을 찾으러 떠났다. 보물은 숲 속에 숨겨져 있다고. 보물을 찾아야 한다고 누군가 말하자 모두 서둘러 떠났다. 보물이 무엇인지, 무엇이기에 보물이라고 부르는 지 알지 못했다. 그러나 서둘러 나도 숲으로 들어갔다. 숲은 어두웠다. 나무 뒤에도 바위 밑에도 보물은 보이지 않았다. 가지 사이에도 나뭇잎 더미에도 보물은 없었다. 먼저 떠난 사람들도 보이지 않았다. 모두가 보물을 가질 수는 없다고 했다. 보물은 보이지 않는 곳에 숨겨져 있을 것이다. 그러나 보이지 않는 곳은 아무리 애를 써 봐도 보이지 않았다. 그러는 사이 어둠이 몰려왔고 길도 나무도 서서히 사라졌다. 어둠 속에서 어둠을 물리치기 위해 나는 휘파람을 불었다. 그러자 부스럭거리는 소리와 함께 숲 속 어디선가 아이들이 하나둘 나타났다. 모두 밤하늘의 별을 보고 있었다. 저게 보물이야. 누군가 외쳤고 별을 잡으려고 손을 내밀었다. 뛰어올랐다. 어떤 아이들은 땅바닥에 처박히고 어떤 아이들은 밤하늘로 솟구쳤다. 나는 별을 바라보기만 했다. 저 별이 정말 우리가 찾던 보물일까. 별을 볼 수 있다면 우린 아직 어둠 속에 있는 것이겠지. 다시 천

천히 휘파람을 불며 앞으로 나아갔다.

자정의 아이

●

　밤이면 죽은 고래 배 속에 들어가 불을 밝히고 일기를
썼다.
　매일 같은 문장을 반복해서 썼다.
　고백할 것이 없어
　질문만 했다.

　잠은 꿈의 엽록소를 무럭무럭 뿜어내고
　여기가 아닌 다른 곳으로 가는
　여행 가방을 싸고 기차를 탔지만

　낮이면 피노키오처럼 코가 자랐다.
　침묵하고 있는데도 그랬다.

　사람들은 모두 줄자와 가위를 가진 재단사
　슬픔의 가위질만 반복할 뿐 다른 건 할 줄 모른다.

　노란색 바람이 불었다.
　어두워져도 돌아가지 않는 아이들

이름을 불러 주는 사람들이 없는 아이들
집이 없는 아이들
집이 있는 부랑아들

너는 누구야?
여긴 어디야?
다시 밤이 왔다.

십대 시절

●

　우리는 아무 데서나 놀았다. 멍텅구리 스웨터를 입고
벙어리장갑을 끼고 바람 빠진 자전거를 타고 이 겨울에
서 저 겨울로 넘어갔다. 한 달 동안 씻지 않고 한 해 동안
같은 책을 읽었다. 읽다가 외웠다. 버려진 공사장에서 한
밤의 운동장에서 노래를 불렀다. 우리는 어디론가 멀리
달아나고 싶었는데 갈 데가 없었다. 누군가 누워 있었던
기찻길을 걸어갈 때 누군가 빠졌던 저수지를 지나갈 때
누군가 우리 발목을 붙잡았다. 안간힘을 쓰고 도망갔지
만 다시 그 길을 지나가야 했다. 길이라곤 그 길밖에 없
었다. 눈이 오면 눈을 맞고 비가 오면 비를 맞고 햇빛이
나면 몸을 말렸다. 또 눈이 오면 눈을 맞고 비가 오면 비
를 맞고. 그런데 왜 시간이 흐르지 않는 걸까. 얼마나 많
은 눈과 비가 내리고 햇볕이 지나가야 이 꿈의 밖으로 나
갈 수 있는 걸까. 사람들은 이제 그 아름다운 꿈을 다시
꿀 수 없다고 슬퍼한다. 그러나 그들은 어디에 있나. 꿈의
밖에 있다. 우리는 이 꿈의 한복판, 태풍의 눈 속에 있다.
한없이 고요하고 불길한 악몽의 한가운데. 그들이 아름
답다고 말하는 그곳. 그들이 사는 곳에서 아주 먼 곳에 있

는. 이곳에는 곧 다시 겨울이 온다.

변해 가네

●

태양은 더 이상 황금빛으로 빛나지 않고

강물은 더 이상 흐르지 않고

바람은 사라지고

비가 그쳐도 무지개는 뜨지 않고

심장은 더 이상 뛰지 않고

개들은 더 이상 짖지 않고

물고기들은 더 이상 헤엄치지 않고

심해 저 어두운 곳에 숨어 버렸지

밤의 부드러운 팔은 더 이상 나를 안아 주지 않고

우리 가슴의 얼룩은

아무리 씻어도 지워지지 않네.

세계는 더없이 고요하고

우리는 더 이상 꿈꾸지 않고

기차는 더 이상 기적을 울리지도 출발하지도 않고

일기를 쓰려고 할 때마다 손가락들은 우수수 부서져 내리고

염소는 더 이상 일기장을 뜯어 먹지 않고

엄마의 치마 속으로 숨어들고 싶었는데

엄마의 치마는 이제 너무 작고
아이들은 먼 곳으로 떠나고
나는 더 이상 자라지 않고

오리걸음

●

지각을 했고 운동장을 오리걸음으로 세 바퀴 돌았다. 다음 날도 그다음 날에도 오리걸음으로 운동장을 세 바퀴 돌았다. 오리는 왜 이렇게 우스꽝스럽게 걷는 것일까. 그러나 오리는 오리이기 때문에 자신의 걸음이 부끄럽지 않겠지. 모든 오리는 오리걸음으로 걷고 펭귄은 펭귄걸음으로 걷겠지. 나는 미운 오리 새끼 한 마리가 되어 운동장을 돈다. 어차피 뒤뚱거리는 건 모두 마찬가지. 수업이 시작되고 모든 것이 고요해진 낯선 운동장. 나는 혼자서 지구를 돌고 있는 어둠 속의 인공위성을 떠올렸다. 지난겨울의 눈이 아직도 그치지 않는다. 쌓여 간다. 지난여름의 비가 가끔 잠자는 나를 익사시키는 것처럼. 눈앞이 뿌옇고 어두워졌다. 흰 눈이 운동장 위로 푹푹 내리자 학교도 나무들도 모두 사라졌다. 눈보라가 치자 나는 갇혀 어디로 가야 할지 몰랐다. 그래도 나는 오리걸음으로 여전히 어딘가를 향해 자꾸만 뒤뚱거리며 걷고 있는 것이다. 지구와 더 멀어지지도 가까워지지도 않을 것이다.

강성은

제 시에는 늘 어린 시절과 청소년 시절의 기억들이 많이 등장합니다. 저는 어린 시절의 장면들이 더 생생하게 기억날 때가 있어요. 그 시절의 저는 밤늦게 혼자서 라디오를 들으며 일기 쓰는 시간이 가장 좋았어요. 가족들이 모두 잠들고 난 후에 혼자 있는 고요한 시간이 좋았어요. 그때 왜 그렇게 작은 일에도 가슴이 뛰고 눈물이 나고 슬픈 것들이 많았는지. 지금은 좀처럼 울지 않고 두근거리지 않고 반성도 하지 않는데 말입니다. 하지만 그때 나를 전율하게 했던 것들과 내 감정, 느낌들이 시를 쓰는 내게 가장 큰 자산이 되어 주었습니다. 아주 멀리 왔다고 생각하지만 밤늦게 책상 앞에서 시를 쓸 때면 그리 멀리 가지 못했구나, 라는 생각이 듭니다. 그러면 이상하게도 조금 안심이 되기도 합니다.

1973년 경상북도 의성 출생.
서울예술대학 문예창작학과 졸업.
2005년 문학동네 신인상에 시 「12월」 등이 당선되어 등단.
시집 『구두를 신고 잠이 들었다』, 『단지 조금 이상한』 등을 펴냄.

김 규 중

세월호란

●

세월호 200일 되는 날 아이들과
세월호란 내게 무엇인가
이야기하는 시간

세월호란 세월이다
세월호란 흉터다
세월호란 어둠 속이다
세월호란 경계심이다

무단결석을 반복하다가
오랜만에 수업에 참여한 수민이 차례
세월호란 내 인생관이 옳았다고 판단하는 증거물이다
이유는?
언제 죽을지 모르는데 내 인생 하고 싶은 대로 살아야
지요

그래, 그래,
세월호란 반성문이다

첫눈

●

쳇바퀴 수업 시간
한 아이의 구세주 같은 소리
와, 눈이다
진짜다, 첫눈이야, 첫눈
그것도
싸라기가 아니고 함박이야
창가로 몸을 겹치면서
몰려드는 학생들

그러나
함박은 일 분을 넘기지 못한 채
사라지고
학생들은 금세 식어 버린
딱딱한 의자로
하나 둘 돌아와 털썩

습관

●

157쪽 펼처라, 조용히 하지 않겠니
내가 쓰던 말투

내가 존경받기 위해서는
학생들을 먼저 존중해야겠다고

203쪽 보세요, 집중합시다
존대어를 쓸 때마다

아이들이 오글거린다고
쌤은 팍팍 쏘는 말이 자연스럽다고

평소에 굳어져 온 말투
말하는 나도
듣는 학생도 습관이 편하다

게임

●

— 정해진 시간 다 된

중간에 랙 걸려서
10분 정도 못핸

— 10분도 지난 이제 끝내

알안
그만하면 될 거 아니

— 그만한다면서 왜 더 하니

게임이 멈추지 않는데
내가 어떻게 멈추라고

어쩌라고

●

나는 꽉 잡고 있었는데
물건이 자기대로 떨어지는 걸
내가 어쩌라고

나는 주머니에 잘 보관하고 있었는데
물건이 그냥 없어져 버린 걸
내가 어쩌라고

이것도 시험 점수냐고 하는데
이상한 문제만 나오는 걸
나보고 어쩌라고

김규중

청소년은 대체로 개념이 없다. 시간과 장소에 맞추어 행동해야 하는데 그것을 무시하고 자신의 욕구에 맞추어 행동한다. 이를 옆에서 지켜보는 어른들은 어떻게 해석해서 대응해야 할지 당황스럽다. 힘든 기간은 3~4년 정도이다. 인생 80세로 본다면 이 기간은 짧다고 볼 수 있지만 폭풍 성장이 이루어지는 기간이어서 그 어느 때보다 중요하다. 우리 사회에서는 꿈을 꾸기가 점점 어려워지고 있다. 성장을 향해 꿈틀대는 그대로의 모습을 존중하면서, 기다리면서 도움을 줄 방법을 찾으려 노력한다.

1958년 제주 출생.
제주대학교 국어교육과 졸업.
1994년 『시인과 사회』 가을호에 시 「파도」 등을 발표하며 등단.
시집 『딸아이의 추억』, 시 교양서 『청소년, 시와 대화하다』, 함께 엮은 책 『국어 교과서 작품 읽기: 중1 시』 등을 펴냄.
제주 무릉초·중학교 교장으로 재직 중.

나
희
덕

나의 고양이, 다윤에게
- 단원고 2학년 9반 정다혜 생일에

●

　　다윤아, 지금도 문 앞에서 날 기다리고 있겠지.
　　집에 오래도록 돌아가지 못해 미안해.
　　엄마, 아빠, 언니, 잘 지내고 있는지…… 너무 보고 싶어.
　　네가 사랑스럽게 갸르릉거리는 소리도 듣고 싶고.

　　다윤아, 넌 그 사이에 예쁜 새끼들을 낳았겠구나.
　　몇 마리 낳았는지, 이름은 뭐라고 지었는지, 무럭무럭
　잘 크는지?
　　네가 내 동생이니, 나도 조카들이 여럿 생긴 셈이네.
　　자세히 보렴, 나와 닮은 녀석이 있는지?
　　그 녀석을 특별히 사랑해 주렴.

　　내 말이라면 뭐든 들어주시던 아빠,
　　내 두 볼에 쏘옥 들어가던 보조개를 좋아하시던 아빠,
　　생일에 EXO 음반도 사 주신 멋쟁이 아빠,
　　말 잘 듣는 조건으로 다윤이를 선물해 준 것도 아빠였죠.
　　아빠에게 받은 게 너무 많아요.
　　멋진 기타 연주를 들려 드리고 싶었는데

그러지 못해 정말 아쉬워요, 아빠.

우릴 키우느라 고생만 하신 엄마,
내가 부은 손을 꼭꼭 주물러 드리던 거 기억나세요?
가슴에 꼬옥 안고 자던 손,
엄마의 정직한 손이 세상에서 제일 예뻐요.
나중에 돈 많이 벌어서 다이아 반지 끼워 드린다고 했
는데
그 약속을 지키지 못해 미안해요, 엄마.

나의 다정한 보호자였던 언니!
이따금 다투기도 했지만, 언니의 잔소리가 이젠 그리워.
뚱뚱해질까 봐 밥 좀 그만 먹으라고 늘 말렸지.
걱정 마, 여기선 아무리 먹어도 살찔 염려가 없으니.
나를 잘 챙겨 주었던 것처럼
언니는 마음이 따뜻한 간호사가 될 거야.

식구들, 친구들, 그리운 얼굴들,

오늘 이렇게 둘러앉으니
난 정말 혼자가 아니라는 생각이 들어요.

슬픔 속에서도 한 살씩 나이를 먹고
마음의 나이테도 하나씩 늘고
서로 이해하고 그리워하는 법도 알게 되겠지요.

나는 친구들과 잘 지내요.
우린 새로운 세상에서 여행을 계속하고 있어요.
잠시도 가만히 있는 법이 없지요.
가만히 있으라고 하는 어른들도 없구요.
물론 시험 걱정도 없는 세상이죠.
그동안 하고 싶었던 일들 마음껏 할 수 있고
좋아하는 것도 마음껏 먹을 수 있어요.
그러니 제 걱정은 그만하고 잘 지내세요.
말괄량이 소녀가 이렇게 활짝 웃고 있으니까요.

다윤아, 오늘은 꼭 가도록 할게.

사랑하는 아빠, 엄마, 언니가 기다리는 집으로.
오늘은 바로 내 생일이니까.

하늘의 별 따기

●

— 엄마, 저 별 좀 따 주세요.

저기, 저 별 말이지?
초승달 가장 가까이서 반짝이는 별.

물론 따 줄 수는 있어.
나무 열매를 따듯
또옥, 별을 따 줄 수는 있어.

그런데 말야.
하늘에 저렇게 별이 많은 건
사람들이 참았기 때문이야.
따고 싶어도 모두들 꾹 참았기 때문이야.

— 그래도 하나만 따 주세요.

지금부터 눈을 꼬옥 감고 열을 세렴.
엄만 다 방법이 있거든.

── 하나, 두울, 셋, 넷, 다섯, 여섯, 일곱, 여덟, 아홉, 열!

이제 눈을 떠 봐.
자아, 별!

── 에이, 이건 돌이잖아요.

거봐, 별은 땅에 내려오는 순간
이렇게 시들어 버리지.

별을 손에 쥐고 싶어도
사람들이 참고 또 참는 것은 그래서란다.

마음과 마음도

●

돌과 돌이 붙습니다.
나무와 나무가 붙습니다.
쇠와 쇠가 붙습니다.
유리와 유리가 붙습니다.

지하철에서 잠들었다가 이 목소리에 잠이 깼다.

떨어진 문고리, 깨진 접시나 화분, 부러진 상다리,
물이 새는 신발창, 부서진 장난감……
모든 게 딱 붙습니다.
보십시오. 떼려야 뗄 수가 없습니다.
이 접착제 두 개를 단돈 천 원에 드립니다.

무엇이든 붙일 수 있다는 그의 말에
사람들은 지갑을 열었다.

갑자기 깨진 것들의 목록이 생각난 것처럼
간절하게 붙이고 싶은 게 있는 것처럼

저녁 햇빛이
낡은 신발들을 비추고
지하철에서 지쳐 잠든 얼굴들을 비추고

그는 다시 외치기 시작했다.

돌과 돌이 붙습니다.
나무와 나무가 붙습니다.
쇠와 쇠가 붙습니다.
유리와 유리가 붙습니다.

저기요, 혹시 마음과 마음도 붙일 수 있나요?

나와 햄스터

●

시험공부 하는데
베란다에서 무슨 소리가 들린다

삐걱삐걱 삐걱삐걱 삐걱삐걱 삐걱삐걱 삐걱삐걱……

햄스터가 밤새 쳇바퀴 돌리는 소리였다

허공에 내딛는 앞발을 뒷발이 도르르 따라 달리지만
나아가는 순간 다시 갇히고 마는

작고 하얀 발

지저분한 톱밥 위에 뒹굴다가
벽을 기어오르다가
미끄러져 나동그라졌다가
다시 쳇바퀴를 돌리며 하얗게 우는 햄스터야

이 밤에 넌 혼자가 아니야

나도 너처럼 쳇바퀴 돌리며 산단다

삐걱삐걱 삐걱삐걱 삐걱삐걱 삐걱삐걱 삐걱삐걱……

발꿈치가 아프도록 베란다에 쭈그리고 앉아 있다
내일이 시험이라는 것도 잊은 채

조롱 밖의 또 다른 조롱에 갇혀
내 발가락도 하얗게 운다

청력 검사

소리가 들릴 때마다
이 벨을 누르세요

아무리 작은 소리라도 들리는 것 같으면
그때마다 벨을 힘껏 눌러야 해요

어둠 속에서 오른쪽 귀를 향해
소리가 또각또각 걸어왔다
(벨을 꾸욱 눌렀다)
이번엔 조금 희미한 소리가 걸어왔다
(벨을 조심스럽게 눌렀다)
다음엔 들릴 듯 말 듯 한 소리가 걸어왔다
(벨을 누를까 말까 망설이다 눌렀다)

파블로프의 개처럼
답을 놓치지 않으려는 학생처럼
내 귀는 들리지 않는 소리까지 찾아 쿵쿵거렸다

정상입니다!
이 한마디를 듣기 위해서

나희덕

  청소년 독자들에게 건네는 시라고 하니까, 시를 쓰고 고르는 일이 더 어렵더군요. 웃음을 머금게 하는 시를 쓰고 싶었지만 그렇게 하지 못했습니다. 세월호 이후 우리 사회 전체가 깊은 무력감과 슬픔에서 벗어나지 못하고 있으니까요. 약간 심각하고 불편해도 여러분이 시대의 진실을 정직하게 대면하는 데 이 시들이 도움이 되었으면 합니다. 돌아보면 저의 청소년기 역시 그리 밝고 명랑하지는 못했던 듯합니다. 혼자 걷는 걸 좋아하고, 세상에 대한 회의와 질문이 많았던 아이였지요. 그 질문들을 따라가다 보니 어느 날 시인이 되어 있더군요. 제 시들이 여러분에게 줄 수 있는 것도 대답보다는 질문에 가까울 것입니다.

  1966년 충청남도 논산 출생.
  연세대학교 국어국문학과 및 같은 대학원 박사 과정 졸업.
  1989년『중앙일보』신춘문예에 시「뿌리에게」가 당선되며 등단.
  시집『뿌리에게』,『그 말이 잎을 물들였다』,『그곳이 멀지 않다』,『어두워진다는 것』,『사라진 손바닥』,『야생사과』,『말들이 돌아오는 시간』, 산문집『반 통의 물』,『저 불빛들을 기억해』, 시론집『보랏빛은 어디에서 오는가』,『한 접시의 시』등을 펴냄.
  조선대학교 문예창작학과 교수로 재직 중.

박
일
환

한 대만 때리면 안 될까요?

●

저 새끼가요.
나보고 애자 새끼라고 놀리잖아요.
그냥 참으려고 했는데
다른 반까지 가서 떠들고 다녔거든요.
하지 말라고 좋은 말로 얘기했는데
실실 쪼개기만 하는 게 더 기분 나빠요.
그냥 있으면 나만 바보가 되는 거 같아서
딱 한 대만 치려고 했어요.
우리 아빠가 다리를 저시거든요.

그러니까 선생님
저 새끼를 한 대만 때리면 안 될까요?

머리털

●

너 같은 놈은 머리털 나고 처음 봤다!

담임 선생님은 왜 당연한 얘길 하실까?
이 세상에 똑같은 사람이 어디 있다고?
나도 담임 선생님 같은 사람을 머리털 나고 처음 봤는데
말이지.

나만 보면 화내시느라
담임 선생님 머리털 다 빠지시겠다.

다용도

●

국군의 날, 텔레비전에서
물에서도 달리고 육지에서도 달리는
수륙 양용 전차를 보여 준다.

어제 교실에서 운동화 신고 있다가
담임에게 걸려 청소를 했던 나에게는
수륙 양용 전차보다
교실에서도 뛰고 운동장에서도 뛰는
실내외 양용 운동화가 필요해.
교복과 사복을 겸하는 옷도 필요하고
까망머리와 노랑머리의 합성도 필요하지.

우리 집 탁자는
책상도 되고 밥상도 되는데
우리 집 다용도실은
세탁실도 되고 보일러실도 되는데

우리 학교는 안 되는 게 많아서

되는 게 하나도 없어.

하늘이 높은 이유

●

하늘에는 해와 달과 별만 있는 게 아니란다.

구름도 있고 무지개도 있다고?
돌아가신 할머니가 올라가 계시다고?

물론 하느님과 부처님도 계시겠지.
하지만 네가 모르는 게 또 있단다.

하늘에는 커다란 슬픔이 있지.
보이지 않는
슬픔들을 모두 담아내려다 보니
저렇게 크고 넓어진 거란다.

사람들이 가끔씩
하늘을 쳐다보는 이유에 대해 생각해 본 적 있니?

사는 게 힘들고 슬퍼질 때마다 사람들은
하늘에다 슬픔을 퍼다 버린단다.

하늘을 원망하고, 그러면서도 하늘에 기도하는 건
사람이 스스로 이룰 수 없는 게 있기 때문이지.

흐릴 때도 있지만 하늘이
때때로 맑고 푸른 미소를 띠는 건
슬픔을 이겨 내기 위한 자세를 보여 주는 거란다.

하늘이 높은 이유를 이제 알겠니?

수학 시험지

●

아무리 들여다봐도
아는 문제가 거의 없다.

시험지 맨 끝에 적힌
"수고했습니다."
여섯 글자가 나를 노려보는
선생님의 눈길만 같아서
한심한 마음에
한 글자를 슬쩍 덧붙여 놓았다.
"헛수고했습니다."

박일환

 국어 교사로 살면서 아이들에게 시가 무엇인지 제대로 알려 주지 못했습니다. 교과서에 실린 시를 해설해 주고, 시험 문제를 낸 다음 제대로 맞히지 못하면 가차 없이 점수를 깎았지요. 그런 다음 집에 돌아와서 나 혼자 시를 썼고, 그걸 묶어 시집을 내기도 했습니다.

 그러면 안 되는 일이었다는 걸 깨닫고 아이들을 생각하며 시를 쓰기 시작했습니다. 시를 써서 아이들에게 들려주고, 그렇게 함으로써 시가 교과서 밖에도 존재할 수 있다는 사실을 알려 주고 싶었습니다. 내가 쓴 시를 통해 아이들에게 대화, 즉 말 걸기를 시도하고자 합니다. 내가 더듬거나 버벅대면, 아이들이 언제든지 모자란 부분을 채워 줄 거라 믿으면서요.

1961년 충청북도 청주 출생.
경희대학교 국어국문학과 졸업.
1997년 『내일을 여는 작가』에 시 「푸른 삼각뿔」 등을 발표하며 등단.
시집 『푸른 삼각뿔』, 『끊어진 현』, 『지는 싸움』, 동시집 『엄마한테 빗자루로 맞은 날』, 청소년시집 『학교는 입이 크다』 등을 펴냄.
서울 영남중학교 교사로 재직 중.

박

준

바이킹

●

　동물원 철창에 갇힌 무기수 동물들을 귀엽다고 해야 할까 가엽다고 해야 할까 그들에게는 수명이 곧 형량인데

　개똥밭에 굴러도 이승이 좋다지만 코끼리가 코끼리똥밭에 굴러도 기린이 기린똥밭에 굴러도 아메리칸 들소가 아메리칸 들소똥밭에 굴러도, 그러니까 자기 배설물에 자기가 굴러도 옥살이 이승이 좋을까

　놀이공원 바이킹에서, 오줌은 찔끔 지려 축축한 상태에서, 우리들을 귀엽다고 해야 할까 가엽다고 해야 할까

눈을 보고 말해요

●

휴대전화를 손거울만큼
조그맣게 만드는 시대라

수화 구멍을 귀에 대면 송화 구멍은 볼 정도에
얼굴이 좀 크다 싶은 사람은 광대뼈에 겨우 걸쳐진다

옆에서 그 모습을 보면
마치 허공에 대고 떠드는 것 같아서

우리는
허공에 짜장면 하나 볶음밥 둘을 시키고
허공에 종각역 1번 출구에서 만나자 약속하고
허공에 사랑한다 속삭인다

그렇게 말하는 우리라서
불어 터진 짜장면이 오고
약속이 어긋나고
사랑이 쉬 깨지는 것인지도 모르겠다

글로벌 시대

●

명동 한복판에는
비가 오나 눈이 오나 바람이 부나
천국에 가야 한다고 설교를 하는 분이 계시는데

아홉 시부터 열한 시까지는 한국어로 말하고
열한 시부터 한 시까지는 일본어로
한 시부터 두 시까지는 점심밥을 먹고 오는 것 같고
다시 두 시부터 네 시에는 중국어로
네 시부터 여섯 시까지는 영어로 설교를 하신다

천국에도 외국어가 필요하다면
영어학원 수강에 일본어 학습지까지 풀면서도
외국어가 두려운 나는 어떡해야 할까

아니 그러고 보니 두 해 전 돌아가신 외할머니,
생전 착하게만 살 줄 알지
한글도 못 읽으시던
우리 외할머니는 천국으로 못 가신 걸까

소풍 전날

– 밤하늘

●

완도산 돌김 위에
노란 참깨
모르고 쏟았나

시는 지금, 끝나야 합니다

●

　아름다운 사람은 머문 자리도 아름답다지만 꼭 아름답
지 않아도 사람이 머문 자리는 따듯합니다 비밀스럽게 숨
겨 왔던 우리의 엉덩이는 열선(熱線)이 놓인 비데가 아니
라도 신도림역 화장실 두 번째 칸 같은 곳에서 따듯하게
뒤섞입니다 늘 깨끗하고 싶은 우리의 입은 포장마차의 어
묵 간장 종지를 찍으며 짭짤하게 뒤섞이고, 이렇게 앞뒤가
뒤섞인 우리의 힘은 너희와 싸울 힘이 아니라 너희를 우
리로 만드는 힘이라는 것을 신도림역 화장실 두 번째 칸
에 앉아 생각합니다 시가 더 길어지면 나와 엉덩이를 섞
을 다음 사람이 따듯하다 못해 뜨거울 수 있으니 아쉽지
만 시는 지금, 끝나야 합니다

박준

    우리가 사는 이 세계에서 시는 그리 힘세고 대단한 것이 아닌지도 모른다. 하지만 한 사람의 마음에 가닿았을 때 시는 그 어떤 것보다 큰 힘이 될 수 있다. 또한 시는 슬픔과 고통에 빠진 이들을 기쁘게 하지는 못하지만 그들 곁에 주저앉아 오래도록 함께 울어 줄 수는 있다. 아주 오래도록 말이다.

1983년 서울 출생.
경희대학교 대학원 국어국문학과 석사 과정 수료.
2008년『실천문학』가을호에 시「모래내 그림자극」등을 발표하며 등단.
시집『당신의 이름을 지어다가 며칠은 먹었다』를 펴냄.

복효근

난파선 위에서

●

국어 선생님은
세상에서 가장 소중한 열 가지를 쓰라고 했다.
그 열 가지와 함께 배를 타는데
큰 파도를 만나 난파 직전에 있어서
한 가지씩 바다에 버려야만 한다고 했다.
컴퓨터 자전거 일기장 이것저것 버리고
일곱 번째로 아빠를 버렸다.
하나 더 버리라고 해서
나는 여친 명숙이를 버렸다.
그런데 또 하나를 더 버리라 해서
엄마를 버렸다.
마지막 가장 소중한 것으로 스마트폰을 남겼는데
다들 그 이유를 말하는 게 말하기 수행 평가다.
나는 가족들과 연락하고 소통하기 위해서라고 말했는데
다들 웃었다. 어이없다는 듯 선생님도 웃었다.
엄마도 아빠도 여친도 다 버린 놈이 누구랑 소통하냐고
카톡이랑 게임 때문이라고 솔직하게 말하란다.
맞는 말이지만 속상했다 부끄러웠다.

또 한다면
소중한 것 가운데 선생님도 넣었다가
가장 먼저 바다에 던져 버릴 것이다.

우린 중이다

●

우린 中이다, ~ing다.
이렇게라도 하지 않으면
세상은 우리가 있는지조차 모르기 때문에
진행형으로 나대는 중이다.

하고 싶은 것 천지인데
하지 말라는 것은 더 천지라서
도 닦는 중이다.

우린 中2다
북한이 우리가 무서워 못 쳐들어온다고 하는,
주로 뭔가 켕기는 어른들이 무서워하는

그래서
우린 다시 中이다, 重이다.
가운데 토막이다.

왜냐하면

우린 중이니까, 그냥
중2니까.

공개 수업

●

선생님 넥타이 맸다.

평소 안 쓰던 학습 목표 칠판에 쓴다.

빨간색 분필도 쓴다.

오늘은 사투리도 안 쓴다.

높임말도 쓴다. 그러니

야, 돌덩이야, 똥돼지들아 욕도 안 한다.

그래서 좋다는 얘기가 아니다 어색하다.

평소대로 했으면 좋겠다.

부모님들이라고 모르겠나.

선생님은 천상 선생님이다.

연기는 정말 안 어울린다.

그래도 참을 만하다.

오전이면 끝나니까.

그날 이후

●

내 나이에도 이렇게 죽을 수도 있구나.
국기에 대한 맹세를 하면서
자랑스러운 조국을 위하여 충성을 다하겠다고 다짐하
곤 했는데

눈앞에 뻔히 가라앉아 가는 나를
수많은 나를 열여덟밖에 안 되는 나를
그 조국이 그냥 죽게 내버려 두는 것을 보고
내 나이에도 이렇게 죽임을 당할 수도 있구나 싶었다.

오늘은 민방위 재난 대비 훈련
방송에선 별도의 안내가 있을 때까지
책상 밑으로 들어가 가만히 있으라 했다.

나는 가만히 있지 않겠다.
내 목숨은 내가 지켜야지
책상 밑으로 들어가지 않았다.

선생님한테 오지게 혼났다.
내 나이 열여덟도 참 오래 살았다 싶다.
지금도 나는 죽어 가고 있다.

번데기의 5교시

●

5교시 국어 시간
상징과 심상을 배우는데
몇은 졸고
몇은 번데기가 되어 엎드려 잔다.

나비 한 마리 창문으로 들어와
팔랑팔랑 교실을 돌더니
아니다, 안됐다 싶은지
다시 나가려고 유리창에 자꾸 부딪친다.

도무지 시는 재미가 없어
나비는 겨우 열린 창 틈으로 나간다.
우리는 언제 번데기에서 벗어나
날개가 돋을까.

창밖 하늘은 눈부시고
나비가 진짜 정말 부러운 시간이었다.

복효근

에둘러 말하기에 익숙하지 않아 거칠더라도 아이들의 언어는 진솔하다. 철없다고들 하지만 아이들도 아닌 것은 아닌 줄 안다. 말을 안 해서, 혹은 못 해서 그렇지 아이들이라고 비판 의식이 없는 것이 아니다. 어른들의 아닌 부분은 아이들의 시각으로 보았을 때 가장 정확히 드러난다. 어른과 다른, 다소 엉뚱하고 까칠하고 세련되지 못한 아이들의 말과 행동에서 나는 오히려 우리 사회의 희망을 본다.

1962년 전라북도 남원 출생.
전북대학교 국어교육과 졸업.
1991년 『시와시학』 겨울호에 시 「새를 기다리며」 등을 발표하며 등단.
시집 『버마재비 사랑』, 『새에 대한 반성문』, 『누우 떼가 강을 건너는 법』, 『마늘촛불』, 『따뜻한 외면』 등을 펴냄.
남원 송동중학교 교사로 재직 중.

손택수

의자를 신고 달리는 아이

●

구두 밑에 의자를 달 궁리를 한다

얌전히
앉아만 있는 의자는
내 취향이 아니니까

의자를 신고 말굽처럼 따가닥따가닥
소리를 내며 달려 보고 싶다

의자는 말하자면
내
키높이 구두

이 구두를 신으면 공기 맛이 달라지지
산에 오른 것처럼 가슴이 확 트이지

모든 굽은 의자로부터 나온 게 틀림없을 거야
그릇도 의자가 필요했던 거지

누가 구두를 깔고 앉아만 있나
구두에 대한 예의를 지켜라

도둑 일기

장롱 위에 올려놓은 할아버지 돈이 없어졌다고
엄마는 제일 먼저 나부터 의심한다
돼지 저금통을 깨어 오락실에 간 전과가 있으니
억울해도 할 말이 없다

그런데 정말 속상한 일은
아이를 함부로 의심하지 말라고 내 편을 드시던 할아버
지시다
시골로 내려가시기 전 조용히 부르시더니
아가, 괜찮다, 오락만 하지 말고 학용품도 사고
동생들에게도 나눠 주고 그러거라,
이러시질 않는가

이 누명을 어떻게 풀까 할아버지 가신 뒤
탐정이라도 된 듯 방 구석구석을 뒤져 보았지만
귀신이 정말 곡할 노릇, 울상이 되어
바닥에 털썩 주저앉은 그때였다

천장 위에서 키득키득 웃는 소리가 들려왔다
꼴좋구나, 배꼽을 잡고 포복절도하는 소리, 오호라!
장롱과 천장 사이에 구멍을 뚫고 사는 쥐들이었다

갉아 먹다 만 돈을 발견한 기쁨도 잠시, 이왕 도둑이 된
김에
나는 결국 쥐들의 공범이 되고 말았다

목장 음악

●

목장에서 음악을 틀면 젖소의 우유 생산량이 크게 오
른다
좁은 우리에서 스트레스에 시달리는 닭이나 돼지도
육질이 좋아진다
클래식 음악을 틀어 놓고
도살을 하는 목장까지 생겼다니
음악은 이제 목축업에 빠져서는 안 될 요소다
바그너에 미쳤던 히틀러의 아우슈비츠는
전기 철조망을 쳐 놓고 가스실 옆에
무도회장을 만들어 놓고 있었다
입소하는 사람들을 위해 클래식 연주를 들려주었다
그때의 음악은 얼마나 소름이 끼쳤을까
노래도 연주도 공포스러웠을까
만약 우유와 고기 속에 고통을 마비시키는
음악이 흐른다고 생각하면 섬뜩하다
그래도 음악은 음악이라고
묵묵히 도살장으로 끌려가는 짐승들

내게는 그들만큼 깊게
음악을 이해하는 이들도 없는 것 같다

몸이 아픈 물고기

●

영산포여자중학교에 특강을 갈 일이 생겼습니다 시인이 무슨 연예인이라도 되는 줄 아는지 강물에 앉은 물새들마냥 떠들썩거리던 일 학년 여중생들 사이 몸이 불편한 소녀가 보조기를 밀며 들어왔습니다

선생님 말로는 학교의 어떤 행사에도 참여한 적이 없는 학생이라고 했는데요, 제 몸에서 나오는 신명을 도무지 감출 수가 없는 여중생들에게 시를 가르치긴 글렀고, 일찌감치 두 손 두 발 다 든 저는 백일장으로 '강'을 내걸었습니다

…… 물고기가 헤엄을 치려고 꼬리를 흔드니까 엄마 강이 간지럽다고 까르르 웃는다 엄마가 웃으라고 자꾸 꼬리를 흔드는 물고기…… 별 기대 없이 제출한 작품들을 읽어 내려가던 중 소녀들은 갑자기 침묵을 하였습니다 누구야, 모두 다 놀라서 바라본 쪽에 몸이 아픈 소녀가 앉아 있었습니다

혼자서는 등교도 하교도 할 수 없는 소녀가 특강이 끝난 뒤 은행잎이 고운 교정 벤치에 앉아 엄마를 기다리던 영산포여자중학교

딸꾹질 낭송회

●

어느 여고 문학의 밤 시 낭송회 날이었다
곱게 다려 입은 교복을 입고
김춘수의 「꽃」을 낭송하던
여학생이 갑자기
딸꾹질을 하기 시작했다
내가 그의 이름을 불러 주기 전에는
그는 다만
하나의 몸짓에 지나지 않았다
내가 그의 이름을 불러 준 것처럼, 딸꾹
나의 이 빛깔과
향기에 알맞은, 딸꾹
여기저기서 웃음소리가 터져 나왔지만
꽃가루 알레르기라도 있는 듯
재채기까지 드문드문 섞어 가며
여학생은 시와 딸꾹질로 된 낭송을 끝까지 마쳤다
지금 와 생각하니 그것이
내겐 가장 인상 깊은 시 낭송회였다
잔뜩 긴장한 여학생의 몸속 깊숙한 곳에서

답답한 교복 너머로 터져 나오던 꽃,
고요하게 가라앉은 낭송회장을 일시에
참을 수 없는 웃음바다로 만들어 주며
딸꾹딸꾹 피어나던 꽃

손택수

청소년을 아이와 어른 사이의 점이지대에 놓인 인간형으로 이해할 때, 시만큼 그 존재에 가까운 장르도 없습니다. 시는 경계에 놓인 양식, 기표와 기의 사이에 가로놓인 틈을 주시하는 양식입니다. 그래서 늘 이미 굳어진 의미보다는 새로 만들어지고 살아 움직이며 끊임없이 흐르는 의미를 찾아 나섭니다. 기표와 기의의 경계선을 떨리게 함으로써 새로운 기표와 기의를 만들어 가는 것이야말로 시 언어의 중요한 특징이지요. 그렇다면 청소년기만큼 시와 가까워질 수 있는 시기도 없을 것입니다. 어쩌면 시는 애초부터 적극적인 미-성년의 장르일지도 모릅니다. 아무것도 결정된 게 없는 자의 두려움과 즐거움을 동시에 맛보면서 이행기에만 누릴 수 있는 감성과 실존을 통해 '나'를 찾아가던 소년을 다시 불러 봅니다.

1970년 전라남도 담양 출생.
경남대학교 국어국문학과 졸업.
1998년 『한국일보』 신춘문예에 시 「언덕 위의 붉은 벽돌집」이 당선되며 등단.
시집 『호랑이 발자국』, 『목련 전차』, 『나무의 수사학』, 『떠도는 먼지들이 빛난다』 등을 펴냄.
명지대학교 문예창작학과 출강 중.

오

은

꿈

●

먹는 것인 줄 알았습니다
먹고 자라는 것인 줄 알았습니다

꾸는 것인 줄 알았습니다
꾸면서 키워 나가는 것인 줄 알았습니다

먹을 때는 그렇게 맛있고
꿀 때는 그렇게 달더니
깨고 나니 그대로 아침이었습니다

꿈속에서는 살 수 없는 시간이 밝았습니다

오늘도 오늘이 기다리고 있었습니다
어제와 똑같았습니다

시험 문제의 정답처럼
모두 똑같은 꿈을 꾸고 있었습니다
사이좋게 아무도 자라지 않았습니다

몸집은 커지는데
마음의 집은 왜소해지고 있었습니다

바라는 것보다 버리는 게 쉬웠습니다

반드시 이루어지리라는 내 주문이
반듯이 자라나리라는 그들의 주문이 되었습니다

교실 한구석에서 숨죽이며
꿈꾸기를 꿈꾸는 사람도 있었습니다

쉬는 시간을 알리는 종소리처럼
내일이 잠깐 왔다 가기도 했습니다

돌멩이

●

뻥뻥 차고 다니던 것
이리 차고 저리 차던 것

날이 어둑해지면
운동장이 텅 비어 있었다

골목대장이던 내가
길목에서
이리 채고 저리 채고 있었다

돌멩이처럼 여기저기에 있었다

날이 깜깜해지면
돌담이 빽빽이 들어차 있었다
좁은 길로 들어서는 일이 쉽지 않았다

돌멩이처럼 한곳에 가만히 있었다

돌멩이처럼 앉아
돌멩이에 대해 생각한다

돌멩이가 된다는 것
겉과 속이 같은 사람이 된다는 것
온 마음을 다해 온몸이 된다는 것
잘 여문 알맹이가 된다는 것

불현듯 네 앞에 나타날 수 있다는 것
마침내
네 가슴속에 자리 잡을 수 있다는 것
철석같은 믿음이 된다는 것

입을 다물고 통째로 말한다는 것

날이 밝으면
어제보다 단단해진 돌멩이가 있었다
내일은 더 단단해질 마음이 있었다

웅크림

●

가방에는 책들이 있었다
읽은 책과 읽을 책과
다시 읽을 책들이
다시 읽어도 결코 이해하지 못할 책들이
한 권의 책과
그 한 권의 책을 해설하기 위해 만들어진
여러 권의 책들이

가방을 메는 일은
책을 짊어지는 일
책임을 짊어지는 일

집에 돌아오는 길에는
축 처진 어깨를
웅크리고 걸었다
어깨와 어깨가 가까워지는 시간
스스로 어깨동무가 되는 시간

오늘 밤에는 넘어지지 않을 것이다
해설처럼 명쾌하게 걸을 것이다

어디에 갈 수 있을까
질문하기는 쉽고 답하기는 어려웠다
근의 공식처럼 외워서 되는 게 아니었다
해설을 들여다본다고 알 수 있는 게 아니었다

어깨 좀 펴고 다녀
집에 다 와서야 엄마의 목소리가 들린다

가방은 짊어진 채
책임은 잠시 내려놓은 채

양팔을 힘차게 벌린다
숨죽이고 있던 겨드랑이가 울기 시작했다

사람이라는 병(病)

●

사람이라는 병에 걸렸다

벽 이편에서 웃고 떠드는 병
사이좋게 벽을 넘는 병
벽 저편에서 남몰래 우는 병

줄지어 늘어선 벽을 마주해야 하는 병

잠을 많이 자지 못하는 병
그래도 꿈을 꿔야 하는 병

평생 배워야 하는 병
그래도 갈피를 잡을 수 없는 병

약이 없는 병

그럼에도 불구하고
스스로 받아들이는 병

벽처럼 쌓는 병
앞을 가로막기도 하고
순식간에 무너지기도 하는 병

벽처럼 서 있는 병
기댈 수 있다고 믿는 병
넘을 수 있다고 믿는 병

등을 맞대고 있다고 생각하는 병

사람이라는 병
삶이라는 병
일평생 앓는 병
기꺼이 지속하는 병

나는 오늘

●

나는 오늘 토마토
앞으로 걸어도 나
뒤로 걸어도 나
꽉 차 있었다

나는 오늘 나무
햇빛이 내 위로 쏟아졌다
바람에 몸을 맡기고 있었다
위로 옆으로
사방으로 자라고 있었다

나는 오늘 유리
금이 간 채로 울었다
거짓말처럼 눈물이 고였다
진짜 같은 얼룩이 생겼다

나는 오늘 구름
시시각각 표정을 바꿀 수 있었다

내 기분에 취해 떠다닐 수 있었다

나는 오늘 종이
무엇을 써야 할지 종잡을 수 없었다
텅 빈 상태로 가만히 있었다
사각사각
나를 쓰다듬어 줄 사람이 절실했다

나는 오늘 일요일
내일이 오지 않기를 바랐다

나는 오늘 그림자
내가 나를 끈질기게 따라다녔다
잘못한 일들이 끊임없이 떠올랐다

나는 오늘 공기
네 옆을 맴돌고 있었다
아무도 모르게

너를 살아 있게 해 주고 싶었다

나는 오늘 토마토
네 앞에서 온몸이 그만 붉게 물들고 말았다

[시작 메모]
오은

　그 시절, 저는 제가 시인이 되리라고는 꿈에도 생각지 못했습니다. 앞날에 대해 아무것도 확신할 수 없다는 것은 고통이면서 동시에 희망이었습니다. 어떤 날에는 평탄하게 나 있는 길을 생각했습니다. 또 다른 어떤 날에는 미로처럼 구불구불한 길을 생각했습니다. 어떤 길을 가든 지금 이 순간을 잊지 말자고 다짐하고 또 다짐했습니다. 기꺼이 그 위를 걷겠다고 마음먹었습니다. 기꺼이 그 아래를 앓겠다고 마음먹었습니다.

1982년 전라북도 정읍 출생.
서울대학교 사회학과 및 카이스트 문화기술대학원 석사 과정 졸업.
2002년 『현대시』 4월호에 시 「엄마 카페테리아에 가다」 등을 발표하며 등단.
시집 『호텔 타셀의 돼지들』, 『우리는 분위기를 사랑해』, 교양서 『너는 시방 위험한 로봇이다』, 『너랑 나랑 노랑』을 펴냄.
(주)다음소프트 연구원으로 재직 중.

이
응
인

아름답다고
지금 아니면
저자의 동의
여섯 살 승현이
잊지 마

아름답다고

●

꽃은
그냥 밥 먹고
똥 쌀 뿐인데?

지금 아니면

●

하늘 위 걸어 봤어?
아니!
지금 걸어 봐.

고양이똥 먹어 봤니?
아니!
지금 먹어 봐.

저자의 동의

●

— 이 책의 전부 또는 일부를 이용하려면 저자의 동의
를 받아야 합니다.

여기 실린 시들은
대지가 꾸는 꿈이고
들꽃이 함께 부른 노래입니다.
햇볕에 그을린 농부들이
땅에다 씨앗을 넣고
하늘이 비를 내려 키웠습니다.

나는 그걸
슬쩍 넘겨다보고
받아 적었을 뿐.

동의를 받으려면
그들에게 물어야 할걸요.

여섯 살 승현이

●

　어린이집에서 돌아온 여섯 살 승현이. 이웃집 아주머니 손을 놓고 "형아" 하고 들어서는 갓 세 살 승일이. 형아, 제비처럼 벌어진 승일이 입에 과자 하나 쏙 넣어 줍니다. 형아, 물 잔을 제비 입에 갖다 댑니다. 엄마는? 전화번호를 누릅니다. 엄마, 승일이 바꿔 줄게요. 졸졸졸 따라다니고 뛰고 뒹굴다 승일이는 이제 잠이 들었습니다. 떵동, 현관문이 열리면, 여섯 살 승현이는 맨발로 엄마에게 안깁니다. 왕, 울음이 터집니다.

잊지 마

●

시궁창에서도
네가 샘물이라는 걸
잊지 마.
누가 욕해도
넌
세상에 향기를 피우는
꽃이라는 걸
참,
언 하늘도 가르는
새라는 걸
잊지 마.

이응인

　　짝지와 수다를 떨고 있어도, 빵 한 조각을 나눠 먹어도, 책상 위 어지러운 낙서로 남아도, 외짝 실내화로 뒹굴어도 그냥 그대로 꽃인 이여!

　　PC방으로 달려가고, 봉고차에 실려 학원으로 끌려가고, 주말 봉사 활동, 체험 활동에 파김치가 되어, 월요일이면 책상에다 침을 바르는 이여!

　　어른들이 비밀로 하고 있는 게 있으니, 그대가 맑은 샘물이고, 땅을 뚫고 솟아오를 씨앗이고, 하늘을 가르는 새라는 사실. 그대가 그냥 그대로 꽃이어서 향기롭다는 사실.

1962년 경상남도 거창 출생.
부산대학교 국어국문학과 졸업.
1987년 무크지 『전망』 5집에 시 「그대에게 편지」 등을 발표하며 등단.
시집 『따뜻한 곳』, 『어린 꽃다지를 위하여』, 『그냥 휘파람새』 등을 펴냄.
밀양 세종중학교 교사로 재직 중.

최은숙

가만히, 봄

나란히

목숨 하나

무월(撫月) 마을 선희네

시 쓰기

가만히, 봄

●

빗소리 들으려고 가만 귀 기울이면
깟깟깟 꼬르르르, 젖은 숲의 새소리
소나무 겨드랑이 밑으로 솨ᅳ 바람 지나는 소리
삐꺽, 집이 관절 푸는 소리
제가끔 제 말로 옮겨 적는 빗소리
창가에 서서 두 눈 감고 탄식하는
아!
내가 받아쓰는 빗소리

제가끔 자기 붓을 쥔 봄
묵은 갈잎 앞섶에 노루귀 또 노루귀
빗방울이 그리는 생강나무 꽃
논두렁 냉이와 애쑥은 두고두고 먹으라고
돌아가신 할머니가 남긴 그림

저기 우산을 쓰고
들길 걸어오는 친구는
내가 그린 봄

나란히

●

　　찻길 옆 검정 비닐 소파는 온종일 꿈먹꿈먹 해바라기하는 배밭 할아버지를 닮았다 한 걸음 사이를 두고 짧은 다리 기우뚱 녹슨 등받이 의자는 관절염을 앓는 동네 회관 할머니들을 닮았다 옆으로 폐타이어 오층탑, 아래 것 세 개는 배밭 막내아들 일점사 톤 트럭에서 만 삼 년 만에 풀려난 것이다 동지섣달 로션 한 번 못 발라 본 손등처럼 갈라졌다 위 것 두 개는 이장님 댁 아반테를 받치던 것, 형편이 비슷하다 나란히 앉아 오가는 자동차 구경한다 한 발짝 더 나오면 위험해유, 개 목줄로 쓰던 사슬이 찻길과 폐품 사이에 한 번 더 금을 그으며 누워 있다 강석 김혜영의 싱글벙글 쇼! 비닐하우스가 들썩들썩한다 관절이 주저앉은 동네 살림들이 찻길 옆 영순씨네 밭에 울타리로 취직해서 온 동네 아픈 허리 엉덩이 받쳐 준다 지나가는 버스도 손들어 세워 준다

목숨 하나

●

어린 직박구리 한 마리
개장 속에 잘못 들어
밖에서 새들이 야단스럽다
개장 문 열리자
직박구리 떼 어린 것 받아
경쾌하게 날아간다
비었던 울음 다시 합이 맞는다
휘청했던 하늘이 비로소 몸을 가눈다

무월(撫月) 마을 선희네

●

아침 밥상의 굴비는 어젯밤 달빛을 헤엄쳐 온 것이다
소금을 뒤집어쓴 파도가 해풍에 날아올라
법성포구 굴비 두름에 엮여 바람에 면벽하더니
문득 지느러미 흔들며 달빛 이랑을 갈랐던 거다
남편 잃고 공장에서 손목 잃고 혼자 사는 그녀
메꽃처럼 나지막이 사는 그녀
선희네 민박 한 손 없는 아주머니가 차리신 밥상에 접안한 거다
어젯밤 달빛이 어루만지는 그녀의 머리칼에 간만의 단잠을 묻었던 거다

시 쓰기

착한 사람에게만 보이는 시
2학년 3반 황선재

그리고 여백
다른 말이 없다

멈칫했던 교실에 웃음보가 터졌다
개쩐다, 태민이가 감탄했다
쌤, 보여요?
너네도 보여?
개멋있어요! 감동 쩔어요!

우린 모두 착하기로 모의했다
황선재 시, 만장일치로 수행 평가 A

시 같지 않아 기분 좋은 시
갑자기 사기충천 시인이 와글대는 교실
뚝딱뚝딱 시가 쏟아져 나온다

유리창이 덜컹덜컹
의자도 흔들흔들

말대꾸하면
뭘 잘했다고 말대꾸야!
말 안 하면
대답 안 해!?
다른 데 보고 있으면
엄마 얼굴 똑바로 봐!
얼굴 똑바로 보고 있으면
눈 안 깔어?

태민이를 혼내시던 엄마도 끌려 나와 시가 되신다
엉거주춤 얼굴 붉히며 눈 흘기다가
아들내미 친구들의 환호작약에 슬그머니 웃으신다

최은숙

    고물이 된 의자도 타이어도 버려지지 않고 울타리가 되고 정거장도 되는, 거기가 사람 사는 마을인 것 같다. 그곳에선 다친 사람도 아픈 사람도 늙은 사람도 쓸쓸하지 않을 것 같다. 쓸쓸해도 괜찮을 것 같다. 사람의 마음을, 마음이 가는 길을 가만히 들여다보면서, 즐거이 한통속이 되어 살 날, 언제일지.

1966년 충청남도 연기 출생.
한남대학교 국어교육과 및 공주대학교 한문학과 대학원 석사 과정 졸업.
1990년 『한길문학』 봄호에 시 「하남시」 등을 발표하며 등단.
시집 『집 비운 사이』, 산문집 『세상에서 네가 제일 멋있다고 말해주자』, 『미안, 네가 천사인 줄 몰랐어』, 『성깔 있는 나무들』, 청소년 교양서 『내 인생의 첫 고전 — 노자』 등을 펴냄.
공주 봉황중학교 교사로 재직 중.

'창비청소년시선'을 시작하며

청소년들은 주로 어떤 시를 읽을까? 대부분의 청소년들은 교과서와 참고서에 나오는 시를 읽을 것이다. 교과서와 참고서에는 물론 엄선된 좋은 시가 실리지만, 과연 얼마나 설레는 마음으로 읽고 가슴에 다가오는 감동과 재미를 얻을 것인가?

교과서와 참고서 밖으로 눈을 돌리면 어떤 시가 있나? 일찍이 『얄개전』, 『쌍무지개 뜨는 언덕』 같은 청소년소설이 인기를 끌었고, 지금도 '청소년문학' 하면 『완득이』 같은 소설이 먼저 떠오를 뿐 청소년시의 자리는 휑하기만 하다. 어린이와 어른 사이의 점이지대에서 질풍노도의 시절을 보내는 청소년기에 걸맞은 문학으로 청소년소설이 있어야 한다면, 마찬가지로 청소년시가 있어야 하지 않을까? 박성우의 『난 빨강』을 비롯해서 청소년의 일상 경험과 정서를 다루며 청소년의 감수성에 호소하는 몇몇 시집이 청소년시의 가능성을 열어놓았지만 아직 청소년시의 자리는 제대로 마련되지 못했다.

이에 '창비청소년시선'은 청소년과 시, 시와 청소년이 만나는 청소년시의 자리를 본격적으로 마련해 보고자 한다. 청소년이 공감하며 다가갈 수 있는 시, 청소년에게 마음을 열어 다가가는 시, 무엇보다도 청소년이 껴안고 뒹굴며 함께 놀고 친구가 될 수 있는 시가 주렁주렁 열리는 나무를 한 그루 한 그루 심으려 한다. 열세 살 시기에는 열세 살의 풋풋한 숨결과 노래가 있고 열일곱 시기에는 열일곱 살의 고뇌와 신명이 있지 않겠나. 물론 나이에 관계없이 감상할 수 있는 좋은 시가 많지만, 청소년의 자아에 더 스며들어 폭발하는 시가 있고 그런 시가 쓰일 수 있다.

청소년시는 일차적으로 성장기 청소년의 삶의 갈피에서 길어 올린 생각과 느낌을 청소년의 목소리로 노래하는 시라는 장르적 성격을 갖는다. '창비청소년시선'은 그러한 시를 중심에 놓되 청소년기에 읽어 더 넓은 세계를 경험하고 정신이 고양될 수 있는 시, 청소년에게 말을 걸며 대화하는 시, 청소년의 마음속에서 들려오는 목소리에 귀를 기울이는 시 들을 두루 수용하고자 한다.

'창비청소년시선'의 첫 두 권은 각기 열 명의 시인에게 다섯 편씩 신작시를 청탁해 10인 신작시집으로 엮었다. 오랫동

안 청소년들과 부대끼며 희로애락을 함께해 온, 학교 현장에 있는 시인들을 초대함은 물론 이미 뛰어난 청소년시를 발표해 주목받은 시인, 청소년기를 통과한 지 얼마 지나지 않은 2000년대 이후 등단한 새뜻한 시인들까지 초청하여 다채롭게 구성하였다.

교실에서 만난 학생들의 소소한 소란 같은 청소년의 일상에서부터 시인 자신이 겪었던 잊을 수 없는 청소년기의 경험, 청소년과 나누고 싶은 예리한 생의 감각까지 풍요로운 시의 향연이 펼쳐졌다. 스무 명의 시인이 스무 가지 빛깔의 노래를 들려주는 만큼 이 시집을 여는 청소년들은 시의 성찬을 한껏 누릴 수 있을 것이다. 자기 또래의 일상 경험과 정서가 반영되어 쉽게 읽히는 시도 있지만, 내밀한 세계를 독특한 어법으로 파고든 까닭에 더듬더듬 음미해야만 하는 시도 마주할 것이다. 어느 편이든 청소년과 호흡을 함께 나누려는 그 지점에서는 한 방향을 바라보고 있다.

구두 밑에 의자를 달 궁리를 한다

얌전히
앉아만 있는 의자는
내 취향이 아니니까

의자를 신고 말굽처럼 따가닥따가닥
소리를 내며 달려 보고 싶다

의자는 말하자면
내
키높이 구두

이 구두를 신으면 공기 맛이 달라지지
산에 오른 것처럼 가슴이 확 트이지
— 손택수, 「의자를 신고 달리는 아이」 부분

그렇다. 얌전히 의자에 앉아만 있지 말자. 의자를 신고, 네 말굽으로 따가닥따가닥, 소리 내며 달리면 공기 맛이 달라지고 가슴이 탁 트인다. 비록 의자를 벗어던지지는 않았지만 옥죄는 현실을 뒤흔들어 새로운 공기로 바꾸어 내는 상상력에선 청소년과 시인이 서로 내통한다.

1권의 제목 '의자를 신고 달리는'은 손택수 시인의 시에서, 2권의 제목 '처음엔 삐딱하게'는 이정록 시인의 시에서 따왔다. 청소년시는 청소년을 향해 내미는 시인들의 손짓이지만, 청소년의 읽을거리로만 국한되지 않는다. 미래와 성장과 출세라는 굳어진 시선 속에 자녀들을 가두고 스스로도 갇혀 있는 어른들에게도 함께 읽고 느껴야 할 수신서(修身書)가 되지 않을까.

　박준 시인은 "한 사람의 마음에 가닿았을 때 시는 그 어떤 것보다 큰 힘이 될 수 있다. 또한 시는 슬픔과 고통에 빠진 이들을 기쁘게 하지는 못하지만 그들 곁에 주저앉아 오래도록 함께 울어 줄 수는 있다."('시작 메모')라고 했다. 여기 실린 시 한 편 한 편이 청소년 독자의 마음에 온기로 가닿고, 청소년들 곁에 오래도록 머물며 함께 울어 줄 수 있기를 바란다.

2015년 5월
엮은이 씀

창비청소년시선 01

의자를 신고 달리는

초판 1쇄 발행 • 2015년 5월 22일
초판 8쇄 발행 • 2024년 7월 3일

지은이 • 강성은 김규중 나희덕 박일환 박준 복효근 손택수 오은 이응인 최은숙
엮은이 • 김이구 박종호 오연경
펴낸이 • 김종곤
책임편집 • 정편집실 서영희
펴낸곳 • (주)창비교육
등록 • 2014년 6월 20일 제2014-000183호
주소 • 04004 서울특별시 마포구 월드컵로12길 7
전화 • 1833-7247
팩스 • 영업 070-4838-4938 / 편집 02-6949-0953
홈페이지 • www.changbiedu.com
전자우편 • contents@changbi.com

ⓒ 강성은 김규중 나희덕 박일환 박준 복효근 손택수 오은 이응인 최은숙 2015
ISBN 979-11-86367-06-3 44810